Joyeux anniversai

Charline

le Royaume Enchanté

Le Labyrinthe de minuit

Cet ouvrage a initialement paru en langue anglaise sous le titre :
Secret Kingdom, Midnight Maze

Traduction : V. Mouriaux.
Conception graphique : Lorette Mayon.
Colorisation des illustrations : Sandra Violeau.

Hachette Livre, 58, rue Jean-Bleuzen, 92178 Vanves Cedex.

Les personnages

Summer est réfléchie, Ellie est inventive, et Jasmine est pétillante… Mais elles ont beau être très différentes, elles sont inséparables ! Leur point commun ? La curiosité et la soif d'aventure !

Rosie Banks

le Royaume Enchanté

Le Labyrinthe de minuit

hachette
JEUNESSE

Trixibelle

Comme toutes les fées,
Trixi est minuscule
et possède des pouvoirs
extraordinaires…
Des ailes ? Aucun intérêt,
quand on peut voler
sur une feuille !

Le roi Merry

Le roi Merry règne sur
le Royaume Enchanté.
Généreux et tête
en l'air, il s'affole vite
en cas d'ennuis…
Il préfère faire la fête
et voir les gens heureux !

La reine Malice

C'est difficile à croire, et
pourtant… la reine Malice
est la sœur du roi Merry !
Elle est aussi diabolique
qu'il est bienveillant,
et aussi abominable qu'il
est adorable.

Voici
le Royaume Enchanté !

Bienvenue dans le Labyrinthe de minuit !

1. La fête de l'école

Une bonne odeur de sucreries emplit la cour de l'école. Les élèves et leurs parents se promènent parmi les stands colorés de bonbons et de gâteaux.

Summer est assise à côté d'Ellie au stand de maquillage :

son amie grime le visage de Finn, son petit frère, en tigre.

— C'est très réussi ! commente Summer.

— Je vais faire peur aux copains ! se réjouit le garçon.

Ellie sourit en glissant une boucle rousse derrière son oreille. Le dessin, c'est sa passion !

— Ensuite, nous irons voir Jasmine, suggère-t-elle.

Celle-ci, déguisée en diseuse de bonne aventure, prédit l'avenir aux parents comme aux enfants.

— Et on goûtera les délicieux gâteaux des fées ! ajoute Ellie.

— Tu te souviens quand on en a mangé des vrais ? souffle Summer en lançant un clin d'œil à son amie.

— On s'est transformées en fées… murmure Ellie.

Les fillettes partagent un secret incroyable. Grâce au coffret magique qu'elles ont découvert lors d'un vide-greniers de l'école, elles ont vécu des aventures extraordinaires au Royaume Enchanté. Chaque fois que le pays est en danger, le roi Merry les appelle, et les trois amies lui viennent en aide.

— Pauvre Merry… soupire Summer.

Sa sœur, la reine Malice, lui a donné du gâteau empoisonné. Depuis, le roi se transforme en crapaud puant. Seule une potion contenant six ingrédients bien précis peut le sauver.

Les fillettes en ont déjà trouvé cinq, mais il en manque encore un. Si le roi boit l'antidote avant minuit le soir de la Saint-Jean, il sera sauvé… En attendant, Trixi, la fée royale, et sa tante Maybelle lui ont jeté un sort : il a oublié la malédiction lancée par sa sœur et ne se rend pas compte de sa transformation.

— Vivement que Maybelle découvre le dernier ingrédient ! chuchote Summer.

— Salut ! s'exclament au même moment Olivia et Madie.

Les deux élèves viennent prendre la relève au stand de maquillage. Ellie et Summer en profitent pour rejoindre la tente de Jasmine.

« Jasmina Rose, diseuse de bonne aventure. Bienvenue ! » annonce une pancarte.

Les fillettes se glissent à l'intérieur. Jasmine se tient derrière une table. Elle porte une longue jupe colorée, un châle sur les épaules et un foulard autour de ses longs cheveux noirs.

— Vous souhaitez connaître votre avenir ? demande-t-elle d'une voix chevrotante.

— Oui, lisez-moi les lignes de la main ! répond Ellie en tendant une paume.

Jasmine se penche.

— Je vois un voyage fabuleux !

— Un royaume enchanté, peut-être ? suggère Ellie avec malice.

— Qui a le coffret magique ? interroge Summer.

— Le voilà ! s'exclame Jasmine.

Leur amie sort le coffret en bois de son sac. Des licornes et des sirènes sont sculptées sur les côtés; un miroir entouré de six pierres de verre orne le couvercle. Chaque fois que le Royaume Enchanté a besoin d'elles, il s'illumine.

Summer grimace: aucune lueur, hélas!

— On va faire un tour? propose Jasmine.

Elle ôte son châle et sa longue jupe, révélant un tee-shirt rose brillant. Ellie retourne la pancarte à l'entrée: « Fermé ».

Au stand des confiseries, les fillettes s'amusent à compter des bonbons dans un bocal. Plus loin, elles cherchent la cachette d'un trésor sur une carte. Puis le professeur de sport lance un appel :

— Qui veut apprendre une danse ?

— Allons-y ! s'exclame Jasmine, qui adore danser.

— Sans moi... répond Summer, intimidée.

— Viens ! insiste Ellie.

— D'accord... finit par céder leur amie.

— Un pas à droite, un tour complet, un pas à gauche, enlacez votre partenaire et tournez ! explique le professeur. Bravo !

— J'ai faim ! s'exclame Jasmine quand la danse est terminée. On s'achète des gâteaux magiques ?

Elle prend son sac et pousse un cri : une lueur scintille !

— Le coffret magique... chuchote-t-elle, tout excitée. Il brille !

Les trois amies se précipitent vers la tente. Oubliés, les gâteaux magiques ! Le Royaume Enchanté a besoin d'elles !

2. Une drôle d'énigme

Les fillettes referment avec soin la tente derrière elles, s'assurant que la pancarte indique bien « Occupé ». Jasmine sort le coffret de son sac. Une lumière argentée se répand, et des mots tournoient à la surface du miroir.

Ellie se penche et lit à haute voix :

— « *Là où les fées apprennent à voler,*

Parmi les arbres, à leur sommet,

Trouvez la maison d'un ami,

Et du mauvais sort, il en sera fini ! »

Le couvercle du coffret se soulève, révélant six compartiments : chacun contient un objet magique. Des étincelles jaillissent, et la carte animée du royaume se déplie dans les airs. Summer observe l'île en forme de croissant : une fumée sort de la cheminée de la Pâtisserie des délices, des abeilles bourdonnent autour du Volcan à bulles, tandis que des nymphes d'eau chevauchant des escargots géants plongent dans la magnifique cascade Cristalline.

— Où les fées apprennent-elles à voler ? interroge la fillette.

— À l'école, suggère Jasmine. C'est là qu'on apprend des trucs, non ?

— Regardez ! s'exclame Ellie en montrant une clairière.

Au milieu, se dresse une petite bâtisse blanche et scintillante.

— L'École des fées volantes ! confirme Ellie en lisant un panneau accroché à l'entrée.

— À présent, nous devons trouver la maison d'un ami à proximité… intervient Summer.

Elle fronce les sourcils.

— Là ! s'écrie-t-elle en indiquant une maisonnette cachée sous un grand chêne.

Au milieu du jardin, trône un puits aux souhaits entouré de fleurs multicolores.

— La Maison des roses… lit Summer.

— Mais nous ignorons qui vit là, remarque Jasmine.

— Seule une fée peut habiter une si petite bâtisse, raisonne Summer. Et quelle fée est notre amie, à part Trixi ? ajoute-t-elle en souriant. Sa tante Maybelle !

— Bien vu ! commente Ellie en applaudissant.

Les fillettes posent leurs mains sur les six pierres vertes ornant le couvercle.

— La réponse à l'énigme est : la Maison des roses ! murmurent-elles, tout excitées.

L'instant d'après, une boule de lumière verte jaillit du coffret. Un rire espiègle retentit, et une jolie fée apparaît, perchée sur une feuille. Elle porte une longue robe de bal bleue et un magnifique chapeau-coquillage.

— Trixi ! s'exclament les amies, ravies.

— Quel plaisir de vous revoir ! se réjouit la fée en déposant un baiser sur le nez de chacune.

— Quelles sont les nouvelles ? la presse Ellie.

— Ce soir a lieu le bal de la Saint-Jean. Le roi Merry doit boire sa potion avant minuit, ou

il se transformera à jamais en crapaud puant…

— Mais nous ne connaissons pas le dernier ingrédient ! s'inquiète Summer.

— C'est une plume de l'oiseau Phoenix, répond la fée en faisant une pirouette. C'est lui qui a appris à voler aux premières fées. La plume est conservée dans notre école, et tante Maybelle se l'est déjà procurée ! À l'heure qu'il est, elle termine de préparer la potion. Dès qu'elle sera prête, nous l'apporterons au roi.

— Comment va-t-il ? demande Ellie.

— Il avale des insectes en croassant… avoue Trixi.

— Oh ! Le pauvre ! se désole Jasmine. Allons vite chez tante Maybelle !

3. La Maison des roses

Trixi tapote sa bague et commence à chanter.

— « *Jasmine, Ellie et Summer,*
Prenez la taille d'une fée
Pour sauver le roi
Et rejoindre la Maison des roses dans les bois! » scande-t-elle.

Un nuage d'étincelles emporte les fillettes. Bientôt, Summer sent quelque chose sous ses pieds. Elle rouvre les yeux : pas plus grandes que des fées, les voilà perchées sur la feuille de Trixi !

— Ça vous plaît ? demande celle-ci en souriant.

— C’est formidable ! se réjouit Jasmine.

Mais Ellie s’assied, le visage entre les mains.

— On arrive quand ? gémit-elle.

La pauvre a le vertige !

— Bientôt ! la rassure Trixi.

Au même moment, Summer aperçoit les diadèmes scintillants sur les têtes de ses amies. Elle touche le sien, posé en équilibre sur ses cheveux blonds. Ils apparaissent chaque fois qu’elles entrent dans le Royaume Enchanté et signifient qu’elles sont des ATI, des Amies Très Importantes du roi Merry.

— L'École des fées ! s'exclame Jasmine.

La bâtisse leur paraît immense maintenant qu'elles sont petites ! Le toit doré brille sous le soleil, et des drapeaux violets flottent au sommet de quatre tourelles. La cour est une magnifique pelouse vert émeraude. De jeunes fées s'entraînent à voler, chacune vêtue d'une couleur de l'arc-en-ciel. Certaines portent un chapeau de pétales, d'autres des couronnes de fleurs tressées.

— On peut visiter ? demande Jasmine.

— Allons d'abord voir tante Maybelle, répond Trixi.

Elles descendent en virevoltant jusqu'à la maisonnette entourée d'une barrière blanche. Des roses encadrent la porte d'un bleu lumineux. Des papillons volettent parmi les fleurs du jardin. La fenêtre de la cuisine est ouverte. Les fillettes entendent une voix chanter.

— « *Magie des fées,*

Stoppez le mauvais sort pour sauver le roi !

Un, deux... »

— Tante Maybelle ? appelle Trixi. Tu as de la visite !

La fée aux cheveux blancs et aux yeux bleus se tourne vers les fillettes en souriant.

— Mille étincelles ! se réjouit-elle. Voici nos amies du Royaume Réel ! Entrez donc !

Des plantes et des pots emplissent la maison. Un liquide bouillonne dans une casserole posée sur la cuisinière.

— C'est la potion ? s'enquiert Ellie.

— Oui, répond la fée. J'ai déjà incorporé le rayon de miel des abeilles bulles, le sucre argenté et le bourgeon de livre…

— Et voici la poussière de rêve ! s'exclame Jasmine en montrant un petit sac de sable sur la table.

Summer sourit au souvenir de ces gentils dragons qui, chaque soir, saupoudrent le royaume de cette poussière.

— C'est l'eau de la cascade Cristalline ! intervient Ellie en reconnaissant le flacon transparent.

— Il ne manque plus que notre dernier ingrédient, ajoute

Maybelle en sortant avec précaution une plume dorée de sa poche.

— C'est la célèbre plume de Phoenix… explique Trixi, avec crainte et respect.

Sa tante en coupe délicatement l'extrémité avec une paire de ciseaux argentés.

— Une petite quantité suffit, précise-t-elle. Summer, peux-tu verser la poussière de rêve ?

La fillette saupoudre la potion de minuscules grains de sable pendant que Trixi mélange. Des ondes colorées apparaissent à la surface.

— Ellie, tu t'occupes de l'eau de la cascade Cristalline ? propose la fée.

Ellie se dépêche de verser le contenu du flacon dans la casserole. Le liquide prend aussitôt un aspect brillant.

— À ton tour, Jasmine ! conclut Maybelle de sa voix toute douce. Je vais lancer le sort, puis tu ajouteras les morceaux de plume de Phoenix.

La fillette s'approche.

— « *Ingrédients si précieux,*
Mélangez-vous sous nos yeux !
Potion, une fois préparée,
Annule le sort empoisonné ! »

Jasmine lâche aussitôt les morceaux de plume parmi les étincelles. Quelques secondes plus tard, il reste deux cuillerées d'un liquide doré au fond de la casserole.

— Apportez-en vite quelques gouttes au roi et le sort disparaîtra ! déclare Maybelle.

— Trop tard ! criaille une voix.

Un visage gris les observe à travers la fenêtre.

— Un Esprit Ouragan ! gémit Summer.

C'est un complice de la reine Malice. La fillette reconnaît ses cheveux noirs et ses ailes sombres. Les amies frémissent de peur. Maintenant qu'elles sont aussi petites que des fées, l'Esprit a l'air terrifiant !

— Ouste ! le menace Maybelle avec sa baguette magique. Sinon je te transforme en joli oiseau bleu…

— Non ! s'écrie l'Esprit.

— Pourquoi as-tu dit « trop tard » ? l'interroge Jasmine, les sourcils froncés.

— Parce que le roi s'est déjà transformé en crapaud puant ! ricane la terrible créature en s'envolant.

4. La course contre la montre

— Mais le bal n'a pas commencé ! s'indigne Ellie, qui n'en croit pas ses oreilles.

— Et minuit n'a pas encore sonné ! ajoute Jasmine, outrée.

— Pauvre Merry… murmure Trixi, les yeux pleins de larmes.

— S'il boit la potion avant minuit, il redeviendra comme avant, les rassure tante Maybelle.

— Alors dépêchons-nous de lui apporter l'antidote ! déclare Ellie avec détermination.

— Ta magie peut-elle nous transporter jusqu'au palais ? demande Jasmine à Trixi.

— Bien sûr ! acquiesce la fée.

Maybelle lui tend le flacon de potion.

— N'oublie pas, quelques gouttes suffisent ! lui rappelle-t-elle. J'enfile ma robe de bal et je vous rejoins.

Trixi tapote sa bague : un tourbillon magique emporte les fillettes. L'instant d'après, elles atterrissent parmi de hautes herbes : « On est si petites ! On se croirait dans la jungle ! » songe Summer.

— Les jardins du palais ! reconnaît Jasmine en se dressant sur la pointe des pieds.

Des lampions colorés ornent les arbres. Les rayons du soleil couchant miroitent à la surface d'une mare. Un peu plus loin, des elfes vêtus de vestes noires et de longs gants blancs accrochent des étoiles scintillantes sur les haies du labyrinthe du palais.

— Nous devons chercher Merry… intervient Trixi.

Un elfe manque piétiner Jasmine.

— Et si on retrouvait notre taille normale ? suggère celle-ci, apeurée.

Trixi tapote de nouveau sa bague.

— « *Ellie, Jasmine et Summer, Reprenez votre taille humaine !* »

D'un coup, les trois amies redeviennent comme avant.

— Commençons par les cuisines ! propose Trixi. C'est l'un des endroits préférés du roi.

Les lutins pâtissiers sont en train de préparer des tours de gênoise aux couleurs de l'arc-en-ciel pendant que des gâteaux glacés tournoient dans les airs.

— Bob, avez-vous vu le roi ? demande la fée.

Le pâtissier en chef porte un plateau de cookies en forme de licornes et de sirènes.

— Non, désolé… répond-il, visiblement pressé.

— Allons dans la salle de bal ! propose Jasmine.

Les fillettes s'y précipitent. Des peintures décorent les murs bleu pervenche et le plafond en forme de dôme. Des rideaux dorés pendent aux fenêtres. Des chandeliers scintillent au-dessus des tables garnies de mets délicieux. À l'autre extrémité de la salle, des portes s'ouvrent sur le jardin. Mais pas trace du roi...

— Où est-il passé ?! rouspète Trixi.

— N'oublions pas qu'il s'est transformé en crapaud ! rappelle Jasmine. Summer, toi qui es notre spécialiste des animaux, où crois-tu qu'il soit caché ?

— Les amphibiens adorent l'eau, répond son amie.

— Les quoi ? demande Jasmine.

— Les amphibiens, répète Summer. La famille des crapauds...

— Allons vite à la mare ! l'interrompt Trixi.

Des canards glissent à la surface de l'eau, parmi les nénuphars. Le toboggan arc-en-ciel du roi plonge au milieu : il conduit à n'importe quel endroit du royaume.

— Merry ! appelle Ellie.

— *Croa !* répond une voix rauque.

Les fillettes sursautent.

— Là ! s'exclame Summer en montrant un énorme crapaud entre deux rochers.

Ellie fronce les sourcils. À l'aide de sa longue langue, la créature attrape des insectes.

— Regardez ses lunettes, c'est bien lui ! murmure Jasmine, stupéfaite.

— Je ne peux pas croire que c'est le roi ! gémit Trixi en secouant la tête.

— Pauvre Merry… s'apitoie Summer en le prenant délicatement dans ses mains.

— Pouah ! Il sent mauvais ! s'écrie Jasmine.

— *Croa !* déclare Sa Majesté en penchant la tête sur le côté.

— Buvez la potion... lui dit Summer doucement.

— Non ! hurle une voix stridente.

Les fillettes se retournent, horrifiées.

— Malice ! s'écrie Trixi.

La silhouette osseuse de la reine se dresse entre les joncs, sa couronne perchée sur ses cheveux hirsutes. Elle tient à la main une baguette en forme d'éclair noir. Summer sent son estomac se nouer.

— Personne ne brisera mon sort ! gronde la méchante reine en montant au sommet du toboggan.

Celui-ci devient tout gris.

— Nous avons la potion ! réplique Jasmine avec courage.

Malice brandit son éclair :

— « *Crapauds puants, venez en nombre !*

Qu'avec mon frère, on vous confonde ! »

Un craquement retentit et le ciel s'obscurcit. Paniquée, Trixi bondit sur sa feuille. Une pluie de crapauds puants s'abat sur les fillettes.

— Au secours ! crie Summer.

— Vite ! gémit Jasmine en se réfugiant sous un arbre.

— Où est le roi ? s'écrie Ellie en le cherchant parmi les centaines de crapauds qui envahissent le jardin.

— Je gouvernerai bientôt ce royaume ! caquette la reine avant de disparaître dans la mare.

5. Suivez ce crapaud !

— Où est passé Merry ? s'inquiète Ellie.

— Cherchons un crapaud coiffé d'une couronne ! suggère Summer.

Autour d'elles, les bestioles sautent partout en croassant.

— Quelle horrible odeur ! se plaint Ellie.

Au même moment, les Esprits Ouragans atterrissent dans le jardin. Les fillettes échangent des regards désespérés.

— Le voilà ! s'exclame Jasmine en voyant un crapaud bondir dans le palais.

— Il porte une couronne ! approuve Summer, soulagée.

— Vite ! les presse Ellie.

En se pinçant le nez, les fillettes se précipitent derrière lui, suivies d'une centaine de créatures puantes.

Les elfes pâtissiers, affolés, courent dans tous les sens. Les lutins musiciens, apeurés, agitent leurs instruments. Les cerises givrées et les gâteaux aux chamallows roulent sur le sol. Jasmine en ramasse un : pas question que ces horribles bestioles les dévorent !

Mais aucune trace du roi Merry…

— Nos invités arrivent ! crie le majordome, pâle d'inquiétude.

— Majesté ! appelle Ellie.

Un éclair traverse aussitôt le salon.

— Puis-je vous aider ? demande une voix douce et posée.

Tante Maybelle apparaît sur une feuille dorée ornée de pierres précieuses. Elle porte une longue robe vert émeraude, et ses cheveux sont coiffés en un élégant chignon.

— Je m'occupe des crapauds et des invités, annonce-t-elle. Allez chercher le roi !

— Merci, tante Maybelle ! s'exclame Jasmine.

Soudain, Ellie ouvre des yeux ronds comme des soucoupes : Merry s'enfuit dans le jardin !

— Roi Merry, venez ici ! s'écrie-t-elle.

Peine perdue ! Le crapaud couronné bondit à travers la haie.

— Il est entré dans le labyrinthe royal ! lance Trixi.

La haie se dresse devant les fillettes, haute et touffue.

— Tenons-nous la main et suivons-le, déclare Jasmine avec courage.

Les trois amies se faufilent dans les allées feuillues, Trixi voletant devant elles.

Soudain, Ellie aperçoit l'éclat doré d'une couronne. L'instant d'après, le roi a disparu.

— Vite ! murmure-t-elle en s'élançant à sa poursuite.

— Gauche, droite, gauche, gauche... répète Jasmine pour mémoriser leur parcours.

Ellie s'arrête net. Ses amies trébuchent derrière elle.

— Là... chuchote-t-elle.

Merry est assis à l'intersection de deux allées. Il semble hésiter : par ici ou par là ?

— Majesté ! l'appelle Jasmine en sortant un gâteau aux chamallows de sa poche.

Le crapaud bondit vers elle. Ellie verse la potion sur la pâtisserie.

— *Croa!* lance le roi en l'avalant d'une seule bouchée.

Les fillettes retiennent leur souffle.

— Pourquoi ne redevient-il pas comme avant ? s'inquiète Ellie.

— On cherche le roi ? caquette une voix.

Les fillettes se retournent, épouvantées. La reine se tient devant elles, un crapaud dans les bras. Il porte des lunettes en forme de demi-lunes. Ce sont celles du roi !

— On s’est trompées ! réalise Summer.

— Mais non, celui-ci n’a pas de couronne ! réplique Jasmine.

Malice renifle avec dédain.

— Regardez autour de vous, petites sottes !

Les Esprits Ouragans déposent sur la tête de chaque crapaud une minuscule couronne.

— Nous n’avons pas donné la potion au roi ! gémit Summer, les larmes aux yeux.

— Mon frère restera à jamais un crapaud puant ! gronde la reine. Et je gouvernerai ce royaume !

6. Les lois de la reine Malice

— *Croa !* proteste le roi dans les bras de Malice.

La reine brandit sa baguette.

— « *Paillettes et or, disparaissez !*
Boue et obscurité, régnez ! »

Un craquement retentit, et une épaisse fumée s'engouffre dans

le labyrinthe. L'instant d'après, la reine disparaît en lançant un rire cruel.

— Où est la sortie ? gémit Summer.

— Trixi, peux-tu nous transporter jusqu'au palais ? demande Ellie.

La fée secoue la tête avec tristesse.

— Malheureusement, la magie de la reine est trop puissante.

Ellie et Summer regardent autour d'elles, paniquées : on n'y voit rien !

Jasmine murmure, les yeux fermés :

— Gauche, droite, gauche, gauche… Suivez-moi !

Elle file dans le dédale obscur du labyrinthe. Ses amies, intriguées, courent à sa suite. Summer distingue à peine ses pieds. Son cœur se serre en songeant à ceux qui se sont perdus à jamais dans ces allées. Ellie ne quitte pas du regard leur amie.

— Halte ! s'écrie Jasmine, perplexe. Je suis perdue…

— Les étoiles scintillantes ! annonce Ellie en montrant les guirlandes étincelantes. On est arrivées !

— Par là ! s'exclame Trixi en volant vers les jardins.

À l'entrée du palais, les fillettes se figent : triomphante, la reine Malice se dresse au milieu de la salle de bal en brandissant son éclair. Aussitôt, une fumée noire jaillit. Le trône se transforme en un fauteuil d'acier surmonté de piques, les rideaux dorés deviennent des toiles d'araignée, et le parquet de danse se métamorphose en mare de boue.

— Oh non ! murmure Jasmine, catastrophée.

Des insectes envahissent la pièce en bourdonnant, et les

crapauds puants bondissent allégrement. Les fées tournoient, paniquées, tandis que les elfes se serrent les uns contre les autres, effrayés.

— Ce palais est le mien ! tempête la reine en regardant ses sujets avec haine.

Des Esprits Ouragans se perchent sur son trône.

— Où est Merry ? s'enhardit une licorne en tapant du sabot.

— Le voici ! susurre la reine en présentant le crapaud dans sa paume.

Les hôtes poussent des cris d'effroi.

— Trixi, fais quelque chose ! se révolte Bob.

La petite fée secoue la tête.

— Je ne peux rien faire… murmure-t-elle, la gorge nouée.

— Il reste de la potion chez tante Maybelle, souffle Jasmine.

Trixi, peux-tu la faire venir jusqu'ici ?

— Je vais essayer, répond la fée en essuyant une larme.

Elle tapote sa bague.

— « *Potion magique, viens tout de suite jusqu'ici...* »

— Silence ! l'interrompt la reine en brandissant son éclair.

Tous se taisent. Seuls les crapauds croassent dans la boue.

— Finis, la joie et le bonheur dans ce royaume ! hurle la reine.

Un cri d'horreur s'échappe de la foule.

— Loi numéro un : interdiction de s'amuser ! décrète-t-elle.

— Quoi ?! chuchote un lutin.

— Loi numéro deux : interdiction de danser, de jouer de la musique et de faire la fête ! Loi numéro trois : pain et eau pour tout le monde ! Seuls les Esprits Ouragans et moi mangerons des gâteaux.

Les créatures exultent.

— Loi numéro quatre : interdiction de faire de la magie sans ma permission ! Interdiction de soigner ou d'aider qui que ce soit, ou vous serez à jamais bannis de mon royaume !

— Je m'en fiche... murmure Trixi en levant le menton. Je préfère être bannie plutôt que vivre dans un royaume pareil !

— Vite, prononce ton sort ! souffle Jasmine.

La fée tapote sa bague.

— « *Potion magique, viens jusqu'ici ! Remplis ce flacon autant que possible.* »

Au même instant, la potion s'écoule goutte à goutte.

— Summer, allons chercher le roi… chuchote Ellie.

–Trixi et moi, on s'occupe de distraire la reine, ajoute Jasmine.

Elle s'avance avec courage.

— Votre Majesté ! appelle-t-elle.

— J'interdis à tous les visiteurs du Royaume Réel d'entrer dans mon royaume ! lance la reine avec cruauté.

— Espèce de cigale à couronne ! lance Jasmine.

Summer et Ellie rampent vers le roi.

— Quoi ?! vocifère Malice en se levant, abandonnant le crapaud sur le trône. Tu veux que je te transforme en cigale ?

— Si vous touchez à Jasmine, je vous jette un sort ! menace Trixi.

Elle vole devant le nez de la reine, l'obligeant à loucher.

— Aucun sort n'est assez puissant pour moi ! siffle Malice en brandissant son éclair.

— Laissez-la ! hurle Jasmine.

Summer en profite pour attraper le roi pendant qu'Ellie débouche le flacon.

— Majesté ! crie un Esprit. Elles ont attrapé Merry !

— Arrêtez-les ! ordonne la reine avec colère.

Les créatures maléfiques agrippent Ellie. La fillette trébuche et renverse la potion.

7. Le livre de la magie secrète

Malice éclate d'un rire cruel.

— J'ai gagné, je...

Elle s'interrompt : avec sa longue langue, le crapaud Merry avale la dernière goutte de potion.

— Non ! hurle-t-elle.

— Youpi ! s'écrient les fillettes.

Trixi exécute un triple salto sur sa feuille. Tous ont les yeux fixés sur le roi. La potion opérera-t-elle, cette fois ?

Soudain, le crapaud fait un bond. Puis, comme un jouet mécanique qu'on a remonté, il tournoie sur lui-même pour redevenir la silhouette rondelette à la chevelure blanche et bouclée.

— Majesté ! s'exclament les trois amies.

Le roi Merry cligne des yeux, interloqué. Puis il se redresse.

— Je suis très en colère ! gronde-t-il. Ma sœur, tu as voulu me transformer en crapaud puant, tu as dévasté mon palais et tu as lancé un sort sur mon royaume ! C'en est trop !

Il sort un vieux livre de la poche de son manteau. La reine pâlit.

— Le livre de la magie secrète ! se réjouit Trixi. Bien fait pour elle !

— Tu… tu n'as pas le droit ! bégaie Malice, apeurée. Sa magie est trop puissante !

— Toi et tes Esprits méritez d'être exilés au pays des trolls ! déclare le roi.

— Non ! gémit la reine, terrorisée.

Merry ouvre le grimoire, et un nuage d'étincelles en jaillit.

Puis il scande :

— « *Livre de la magie secrète,*

Que ce pays redevienne joyeux... »

Les pages brillent avec intensité.

— « *Que ces mots vous envoient...* »

— Je reviendrai ! hurle la reine.

— « *... au pays des trolls !* »

Le roi referme le livre d'un geste sec. Un craquement retentit tandis qu'un éclair violet emporte Malice, ses Esprits Ouragans et les crapauds puants.

Les hôtes laissent éclater leur joie.

— Oh ! Incroyable ! s'exclame Jasmine.

Le roi se frotte les paupières.

— Par ma couronne et mon spectre ! bâille-t-il. Utiliser le livre de la magie secrète est épuisant…

Trixi fait apparaître un verre d'eau fraîche.

— Tante Maybelle ! lance Merry en apercevant la fée. Merci pour la potion !

— C'est aussi grâce à nos trois amies, explique-t-elle avec un doux sourire. Ce sont elles qui ont trouvé les ingrédients nécessaires. Elles sont fantastiques !

— Et Trixi a été très courageuse ! ajoute Summer.

Les joues de la petite fée s'empourprent. Le roi observe son palais, l'air soucieux.

— La salle de bal est dévastée, et un terrible sort menace le Royaume Enchanté... grommelle-t-il.

Jasmine court à la fenêtre : dans le jardin, les feuilles tombent, les fleurs sont fanées, et l'herbe est grillée.

— Utilisez le livre de la magie secrète ! propose Ellie.

— Il faudra attendre des années avant que sa puissance se renouvelle, explique le roi.

POP !

Le coffret magique apparaît.

— Ça alors ! s'exclame Summer, stupéfaite.

— Saperlipopette ! renchérit le roi, encore plus surpris.

Le couvercle se soulève, révélant six compartiments.

— Il veut nous aider… comprend Jasmine.

« Avec le cristal ? s'interroge-t-elle. Ou la licorne ? »

En apercevant le petit sac de sable doré, son cœur fait un bond.

— Faisons un vœu ! suggère-t-elle, pleine d'espoir.

— Bonne idée ! approuve le roi.

— Lancez le sable doré et dites votre souhait ! intervient Trixi.

— Prêtes ? souffle Jasmine.

Ses amies hochent la tête.

— Que le Royaume Enchanté redevienne comme avant ! clament-elles en jetant les grains scintillants.

Un éclair traverse la salle de bal. Soudain, la boue disparaît, les toiles d'araignée redeviennent de magnifiques rideaux, et le trône reprend sa forme d'origine. Le cristal des chandeliers scintille de nouveau, et les délicieux mets garnissent les tables ornées de fleurs.

À la clarté de la lune, le jardin est magnifique.

— Le bal de la Saint-Jean peut commencer ! jubile le roi.

8. Le bal de la Saint-Jean

L'orchestre ouvre le bal. Des lutins distribuent de délicieux jus de fruits pétillants tandis que les invités se servent en biscuits, gâteaux glacés et fruits givrés. Les fées volettent gaiement, et les elfes valsent sur le parquet.

Le roi dirige les musiciens depuis son trône, l'air radieux. Bob lui apporte un gâteau aux chamallows sur une magnifique assiette de porcelaine.

— Il n'est pas empoisonné, j'espère ? plaisante Jasmine.

— Bien sûr que non, je l'ai fait moi-même ! se défend Bob.

Merry plonge sa cuillère dorée dans la pâtisserie.

— Mmm ! Délicieux ! se régale-t-il. *Croa !*

Les fillettes se regardent, apeurées.

— Je plaisantais ! s'esclaffe le roi. Quel beau bal, n'est-ce pas ?

— Hum… les danses sont un peu ringardes, fait remarquer Jasmine. Puis-je vous apprendre de nouveaux pas ?

— Avec plaisir ! se réjouit Merry.

Jasmine et Ellie s'avancent.

« J'ai osé défier la reine Malice, je peux bien danser ! » songe Summer. Prenant son courage à deux mains, elle rejoint ses amies.

— Tapez des mains à gauche, puis à droite, tournez sur vous-mêmes et dansez avec votre partenaire ! explique Jasmine.

Les invités s'exécutent. L'orchestre accélère et les danseurs tournoient de plus en plus vite.

— Bientôt minuit ! annonce Trixi, une fois la danse terminée.

— Que chacun lève les mains ! déclare le roi d'un air solennel.

— Cinq, quatre, trois, deux, un… Hourra ! crie l'assemblée.

Les fées tapotent leur bague : des confettis colorés tourbillonnent dans la salle de bal. L'orchestre entame un nouvel air.

— C’est l’heure de me coucher, annonce le roi en bâillant. Vous serez toujours les bienvenues ! ajoute-t-il à l’intention des fillettes. Pourvu que ma sœur ne revienne pas…

— Nous serons là pour vous aider ! le rassure Ellie.

— Merci, très chères amies ! répond Merry.

Trixi tapote sa bague, faisant apparaître une longue cape de nuit blanche et violette. Elle en couvre le roi.

— Bonne nuit, Majesté ! souffle Summer.

— À bientôt ! ajoute Jasmine.

— Il est l'heure de rentrer, murmure Trixi. Merci encore de nous avoir aidés à sauver le roi !

La petite fée dépose un baiser sur le nez de chacune, puis tapote de nouveau sa bague. Un nuage d'étincelles emporte les trois amies. L'instant d'après, elles sont de retour sous la tente de Jasmine. Une fois encore, le temps s'est arrêté pendant leur absence. Summer cligne des yeux.

— C'est toujours la fête ! se réjouit Ellie.

— Madame Jasmina, que nous prédisez-vous ? demande Summer.

— Montrez-moi vos mains… répond Jasmine d'une voix chevrotante. Je vois des aventures très excitantes !

— Eh bien, moi, je vois surtout des tas de gâteaux ! s'esclaffe Ellie en sortant de la tente. Et même des chamallows !

— *Croa !* réplique Summer en la suivant.

Jasmine serre contre elle le coffret magique caché dans son sac et les rejoint en courant. C'est sûr, elles vivront encore de belles aventures !

Fin

Connais-tu tous les territoires magiques du Royaume Enchanté ? Non ? Compte jusqu'à trois et Trixibelle t'y conduira !

Tome 1
Le palais du roi Merry

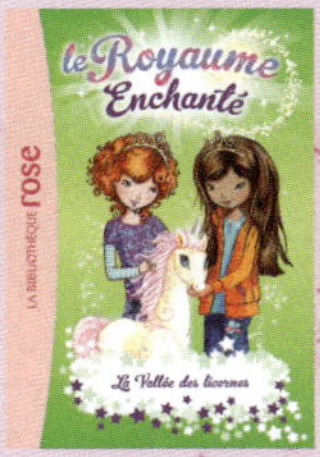

Tome 2
La Vallée des licornes

Tome 3
L'Île aux nuages

Tome 4
La Baie des sirènes

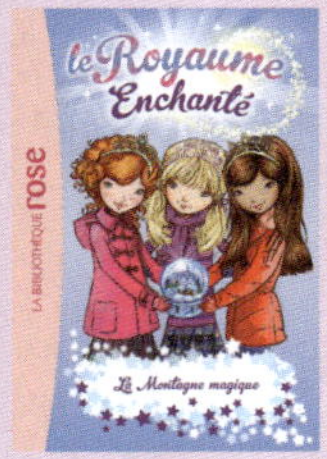

Tome 5
La Montagne magique

Tome 6
La Plage dorée

Tome 7
Le Volcan à bulles

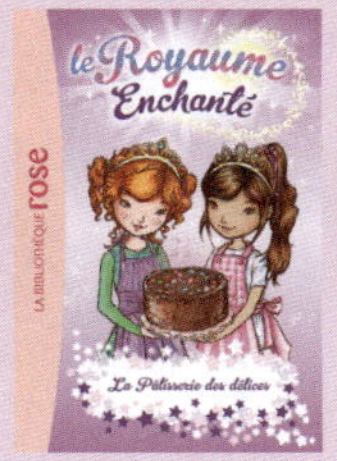

Tome 8
La Pâtisserie des délices

Tome 9
La Clairière des songes

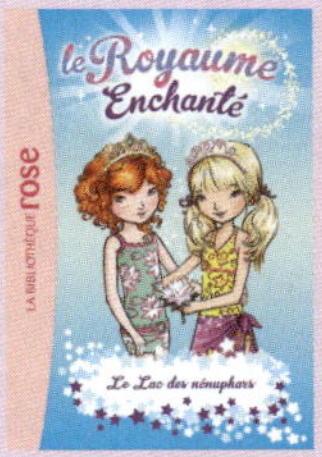

Tome 10
Le Lac des nénuphars

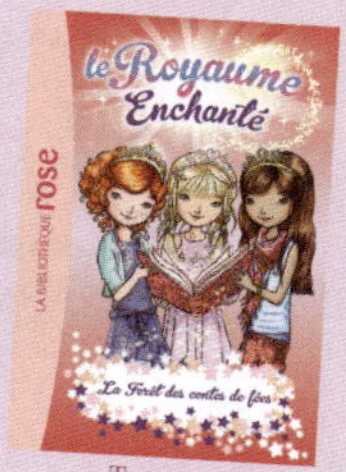

Tome 11
La Forêt des contes de fées

Pour tout savoir sur ta série préférée
Le Royaume Enchanté, va sur le site
www.bibliotheque-rose.com

Table

PAPIER À BASE DE FIBRES CERTIFIÉES

hachette s'engage pour l'environnement en réduisant l'empreinte carbone de ses livres. Celle de cet exemplaire est de :
400g éq. CO_2
Rendez-vous sur www.hachette-durable.fr

Photogravure Nord Compo - Villeneuve-d'Ascq

Imprimé en Roumanie par G. Canale & C. S.A.
Dépôt légal : décembre 2015
Achevé d'imprimer : novembre 2015
20.3952.7/01 – ISBN 978-2-01-203952-0
Loi n° 49956 du 16 juillet 1949
sur les publications destinées à la jeunesse